这本书属于
第____号怪怪特工

图书在版编目（CIP）数据

河神的秘密 /（瑞典）马丁·维德马克著；（瑞典）克里斯蒂娜·阿尔夫奈绘；徐昕译 . — 北京：中信出版社，2024.8. — （怪怪特工队）. — ISBN 978-7-5217-6762-9

I. I532.84

中国国家版本馆 CIP 数据核字第 2024NY4387 号

NELLY RAPP OCH NÄCKENS HEMLIGHET (NELLY RAPP AND THE NIXIE'S SECRET)
Copyright © 2018 by Martin Widmark
Illustrations copyright © 2018 by Christina Alvner
Published by agreement with Salomonsson Agency, through The Grayhawk Agency.
Simplified Chinese translation copyright © 2024 by CITIC Press Corporation
ALL RIGHTS RESERVED

本书仅限中国大陆地区发行销售

河神的秘密
（怪怪特工队）

著　　者：[瑞典]马丁·维德马克
绘　　者：[瑞典]克里斯蒂娜·阿尔夫奈
译　　者：徐昕
出版发行：中信出版集团股份有限公司
　　　　　（北京市朝阳区东三环北路 27 号嘉铭中心　邮编　100020）
承　印　者：北京联兴盛业印刷股份有限公司

开　　本：880mm×1230mm　1/32　　印　张：$3\frac{1}{8}$　　字　数：86 千字
版　　次：2024 年 8 月第 1 版　　　　印　次：2024 年 8 月第 1 次印刷
京权图字：01-2024-3615
书　　号：ISBN 978-7-5217-6762-9
定　　价：82.00 元（全 6 册）

版权所有·侵权必究
如有印刷、装订问题，本公司负责调换。
服务热线：400-600-8099
投稿邮箱：author@citicpub.com

))))另一种真相((((

怪怪特工队

河神的秘密

[瑞典]马丁·维德马克 著 [瑞典]克里斯蒂娜·阿尔夫奈 绘 徐昕 译

中信出版集团|北京

我叫奈丽·拉普，我是10号"怪怪特工"！我的朋友瓦乐最近也成了"怪怪特工"，他是11号。

你了解"怪怪特工"吗？就是跟鬼和怪物做斗争的人。

哈哈哈哈！你笑了。这是什么荒唐故事啊！世界上根本就没有怪物，至于鬼——只有幼儿园小孩才信呢！

我知道你会这么说，因为以前我也是这么认为的——可那是以前。

而现在我不这么以为了——我知道，他们的确存在。

跟着瓦乐和我一起去文化学校吧。在那里,我将练习大提琴,直到我学会第二天要演奏的那首曲子。音乐会上,文化学校的主管会来。

如果我们表演得不够好的话,他会将整个学校关闭!所以我必须通宵练琴……

嘘！在这本书里，你会遇到下面这些人——当然是除了我和瓦乐，还有我们的狗狗伦敦和艾巴之外！

列娜－斯列娃

汉尼拔伯伯

文化学校的学生西格和拉米娜

文化学校主管

文化学校的音乐老师

地窖里的神秘男人

第一章
回到怪怪特工学院

"欢迎回来。"列娜-斯列娃老师说着,用一个大大的笑容迎接我们。

瓦乐和我各自坐在怪怪特工学院的椅子上。

"汉尼拔伯伯在哪里?"我问。

"不知道,"老师回答,"他时常就这么不见了,也不告诉别人去了哪里。他也许在地下室发明某台新的机器。"

典型的汉尼拔,我心想,他总是有点儿神秘。

艾巴和伦敦躺在瓦乐和我的脚边,它们在休息。艾巴的一条后腿在轻轻抖动。

怪怪特工队

"它肯定又做梦了。"瓦乐小声对我说。

"肯定是梦到在追蝴蝶。"我小声回应。

春天的阳光透过高高的窗户照了进来,两只苍蝇苏醒了,在玻璃上慢慢地、迷迷糊糊地爬动。

今天是周末,我们坐公共汽车来到了汉尼拔伯伯在乡下的大房子。房子里面一股灰尘和书的气味,但回到怪怪特工学院感觉太棒了。

"学院的老师对你们非常满意,"列娜-斯列娃继续说,"你们圆满完成了大量任务。"

河神的秘密

瓦乐伸了个懒腰，笑着朝我眨眨眼睛。

"不过你们肯定知道，你们还有上千件事情需要学习。我们希望趁这个周末让你们了解对各种鬼怪的最新研究。"

瓦乐和我几乎同时在右边的眉毛上方挠了一下，这是怪怪特工们表明自己明白了的手势。

列娜-斯列娃把做笔记的纸发给我们，又给了我和瓦乐一人一支笔。然后她站到了我们身后一台可以放映图片的机器旁。她展示了第一张图片，画面上是一个科学怪人。

"你们已经知道了什么是科学怪人,一个科学怪人的身体是由不同的肢体部件组装成的。最近这段时间我们增加了各国和各大洲之间的联系,使得我们关注到了一种全新的科学怪人。他们的身体各部位来自世界不同地方。比如脑袋来自亚洲,躯干来自非洲,四肢来自欧洲。"

列娃-斯列娃换了一张图片。这张图片展示的是一个非常老的女人,她坐在一个长满苔藓的树桩上,挂着一根拐杖。她有一个巨大的弯曲的鼻子,其中一只耳朵上挂着一个金耳环。

"这个女妖住在森林里或是深山中,这个你们知道。据说她受不了日光,但这一点是不可信的。这张照片就是证据,是我年轻时候亲自拍的。你们看,阳光落在了她这张布满皱纹的苍老的脸上。"

河神的秘密

老师没能完全掩饰她拍摄到一张真的女妖照片的自豪感。

瓦乐举起手,列娜-斯列娃朝他点点头。

"她多大岁数？"

"呃，"老师想了想，回答道，"中年吧，我猜，七百到八百岁的样子。"

瓦乐和我做着笔记，列娜-斯列娃继续展示怪物、鬼魂和其他神秘生物的信息。

比如我们了解到，鬼魂是由99%的空气构成的，狼人只能生一个孩子。列娜-斯列娃还告诉我们，人们在湍急的江河溪流中见过很多次河神，他坐在那里拉小提琴——身体是全裸的。

"森林里住着林夫人，"列娜-斯列娃继续说，"从正面看她很正常，但是如果她转过身，你就会看到她的后背是完全凹陷进去的。"

"你们还有什么问题吗？"列娜-斯列娃关掉

河神的秘密

了我们背后的机器。

我举起了手。

"他到底为什么要坐在河里拉小提琴?"我问。

"这个问题我也想过。"瓦乐说。

"你们是说河神?"

我们点点头。列娜-斯列娃想了一会儿,然后她压低嗓音,几乎是用耳语说:"据说他的琴声会把人引诱到水里,你不知不觉就会往水深处走去……"

"啊!太可怕了!"瓦乐说。

列娜-斯列娃耸了耸肩。

"但其实我们对此一无所知,"她说,"那是很久很久以前了……稍等……"

老师走到一个书架前,拿出一本很厚很旧的

书并吹掉了上面厚厚的灰尘。

随后她在那些发黄的书页间翻了好一会儿，终于她好像找到了要找的内容。她把一根手指举到空中，读了起来："最后一次观测是在1908年

河神的秘密

进行的。"

"你是说从那以后再也没人见过河神?"我问。

"突然就消失了。"列娜-斯列娃砰的一下合上了书,扬起了一片灰尘。

在我们脚边的伦敦和艾巴醒了过来。

"我觉得它们需要出去走走了。"说着,我站了起来。

第二章
来自溪流的琴声

"来,伦敦!"我说着,拽了下狗绳。

自打我们从汉尼拔伯伯的房子里走出来后,伦敦每到一棵树旁都会停一下。瓦乐担忧地看着我。

"你不该拽狗绳的。"他说。

我生气地看了看他。瓦乐是我最好的朋友,但我怎么教育我的狗跟他没有关系。

"可它老是停下来!"我说。

"你急着赶路吗?"瓦乐笑着问我。

"是的,很急。我们得赶下一班公共汽车回家。"

河神的秘密

瓦乐吃惊地看着我。

"我得回家练习。"我解释说。

"练习什么?"

"大提琴,要参加音乐会。"我叹了口气。

伦敦终于不再嗅树了。

我们继续往森林里走。这片森林和汉尼拔伯伯的房子只隔着一座公园。今年最早见到的一只蝴蝶在小径上空飞舞。

艾巴猛拽狗绳,瓦乐把它拉了回来。

"你不该拽狗绳的。"我笑着说。

"什么音乐会?"瓦乐问。

"后天是文化学校的春季音乐会,"我说,"你知道我是拉大提琴的,但现在我还没为我们的演出好好练习过。"

"我相信你肯定行的。"瓦乐说。

瓦乐就是这样,我心想,总是很乐观,认为一切都没问题。可我真的没有好好练过!

"文化学校的主管会去。"我继续说。

"哦。"瓦乐说。

"嗯,据说我们演出结束后他会发表讲话。"

伦敦又在一棵树旁停了下来。瓦乐看着我,这一回我没有去拽狗绳。

"如果我们演奏得不够好的话,"我解释说,

河神的秘密

"我觉得主管会把文化学校关掉的。"

"关掉?"

"是的,把整个学校关掉,为了省钱。"

我们在高高的树木间走着。

到处可见银莲花、黄色的顶冰花和蓝色的绵枣儿。真的很美,仿佛度过了漫长而寒冷的冬天后,整个地球都苏醒过来了。

尽管景色这么美,我还是有点儿后悔来怪怪特工学院了。

我应该待在家里练大提琴的。如果我们拉得很差劲,导致我们的文化学校被关掉怎么办?我们沉默地在森林里走了好一会儿。

突然,瓦乐把手举到了空中。艾巴呜咽了起

来，瓦乐把一根手指竖在它鼻子前面。艾巴立刻安静了下来。

"听!"他说。

我歪着脑袋听。我听见风在树木间沙沙作响,鸟儿在叽叽喳喳地叫,在这些声音中似乎还能听到什么东西的声音。

"听起来像是水的声音。"我说。

瓦乐朝两块长满了苔藓的大石头中间努努嘴。

"来。"他说。

我们从两块石头中间钻了过去。在另一边，我们停了下来，一条湍急的溪流在我们面前翻腾着，冒着泡沫。

"好美啊。"我说。

瓦乐没有回答，他眯起了眼睛，在仔细地听

着什么。

"你听到了吗?"

"我听到了咆哮的水声。"我回答。

"你没听到?"

我摇摇头,因为我不明白瓦乐指的是什么。

"听起来像是有人在拉小提琴。"瓦乐小声说。

这下我也听见了。那琴声节奏很快,跟溪流的声音混杂在了一起。

"在那儿!"瓦乐说。

我朝他指的方向看去,这下我看见了。在溪流上方的一块大石头上,坐着一个裸体的男子,背对着我们。他的右手举着琴弓,在来来回回地拉着。

"是河神……"我小声说。

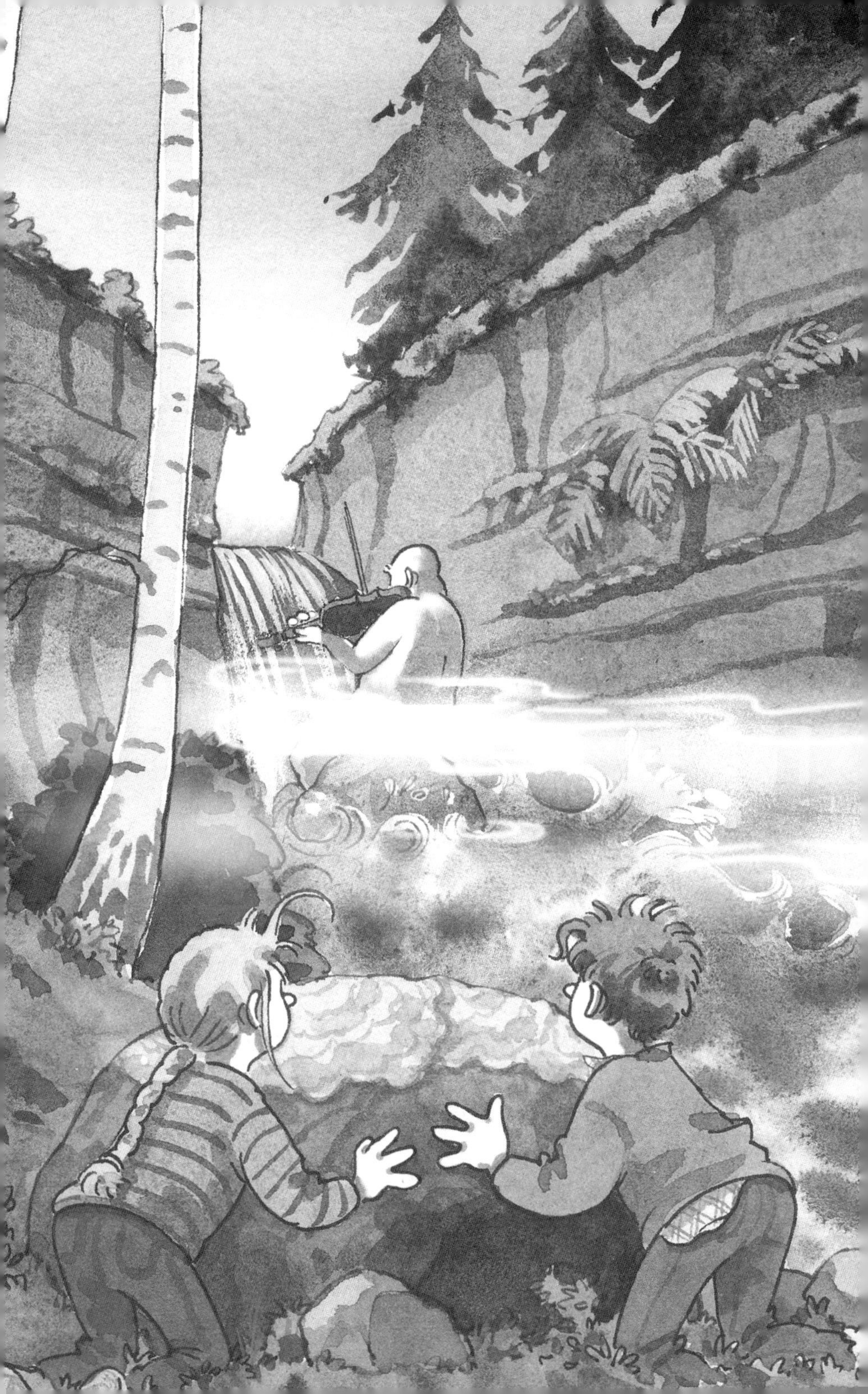

第三章
水好冷！

我们蹲下身子，悄悄地走近溪流。

"**难以置信**！1908年以后他就没有现过身了。"瓦乐小声说。

我们来到水边的灌木旁。我们藏在它后面，从缝隙往外看。艾巴和伦敦好奇地看着我们，但它们明白自己要保持安静。我们看见河神随着他拉琴的节奏来来回回地摆动着上身。

"他拉得好棒啊。"我小声说着，再次感觉到了即将到来的春季音乐会给我的压力。

河神的秘密

"当心,别让他把我们引诱到水里淹死。"瓦乐开了个玩笑,不过听得出他十分紧张。

这美妙的音乐使我们沉醉了好一会儿。

"你听到了吗,伦敦?他拉得多美啊!"我小声说。

我把手伸到身后去摸我的狗,可我只摸到了苔藓。我转过头去,发现伦敦不见了。

"伦敦去哪儿了?"我看着艾巴问。

可瓦乐的狗只是打了一个大大的哈欠,伸了个懒腰。

"伦敦不见了。"我小声对瓦乐说。

"什么?"

"伦敦跑了。"

这时我突然听到了一种熟悉的声音——哗啦哗啦。

"在那儿！"瓦乐说着，指给我看。

伦敦正在溪边喝水。我尽量压低了声音唤它回来，免得被河神听见。

"伦敦！嘘！过来！"

可伦敦却没有听见。

"你在这儿等着。"我对瓦乐说。

我悄悄地从我们藏身的地方溜了出去。我的眼睛一直盯着溪中的河神，但他继续拉着琴，似乎完全沉浸在自己的世界中。当我来到伦敦面前时，我拽了一下已经掉进水里的狗绳。

"过来！"我小声对伦敦说。

一贯温顺的伦敦看着我。它一定是以为我要跟它玩儿,所以它一跃而起,往旁边跑去。我被狗绳拽了一下,失去了平衡。

我不得不往溪里跨了一步。我踩到了一块很滑的石头,突然趴着摔进了水里,发出哗的一声巨响。音乐声立刻停了下来。

水好冷!我屏住呼吸,手摸到了水底。我双腿颤抖着站了起来,朝河神的方向看去。这会儿他转过身来了。可那不是河神!那是……

怪怪特工队

"汉尼拔伯伯?"我打着寒战,吃惊地说。

"奈丽?你在这里干什么?"

"这话不该是我问你?"我说,"你为什么坐在溪水中拉小提琴?"

汉尼拔伯伯拿起他放在身边一块石头上的毛巾,把它围在腰上。

"等等,我就来!"他说。

瓦乐赶了过来,把他的外套递给我。很快汉尼拔伯伯也来了,他已经打理好自己,将小提琴放进了盒子里。然后我们赶回了怪怪特工学院。

列娜-斯列娃在门厅里迎接我们。不过她没有责备我们——大多数大人应该都会这么做的——只是好奇地看着汉尼拔伯伯。他腰上围着毛巾,胳膊下面夹着小提琴盒,飞快地上楼回了

河神的秘密

自己房间。

列娜-斯列娃找了几件能借我穿的旧衣服。我整了整裙子和毛衣,大笑着坐到了客厅的沙发上。瓦乐向我竖起了大拇指[1]。

过了一会儿,我们安安静静地坐在那里喝起了茶。慢慢地,我觉得身体又暖和起来了。汉尼拔伯伯穿着浴袍走进客厅。

他倒了一杯茶,坐到我的身旁,然后开始讲了起来:"我年年都会去那条小溪里坐坐,春夏秋冬一年四季都会去。"

"可你不冷吗?"瓦乐问。

"唉,我习惯了。然后我可以抹一些油。"汉尼拔伯伯笑着回答。

---

[1] 在瑞典,竖大拇指有祝愿好运的意思。——译者注

"为什么去那里呢？"列娜-斯列娃问。

汉尼拔伯伯垂下了目光。

"据说没有人小提琴拉得比河神更好。我心想，如果我一有空就坐在那里，有朝一日他应该会出现的。"

"出现？"瓦乐笑了起来，"这话说得真有意思。"

汉尼拔伯伯笑了。

河神的秘密

"不过亲爱的,"列娜-斯列娃轻轻拍了拍汉尼拔伯伯的膝盖,"你怎么会这么想呢?1908年以后河神就再没有现身过了。"

"我知道,"汉尼拔伯伯叹了口气,"但我想的是万一,说不定我可以向他学习拉小提琴。"

汉尼拔伯伯的话提醒了我,我看了看墙上的钟。

"我们得走了,最后一班公共汽车几分钟后就来了。"

我自己的衣服差不多干了,我迅速换好了衣服。然后我们赶去了公共汽车站。

第四章
我们的老师受够了

第二天,瓦乐跟我一起去了文化学校。终于快要演出了。昨天晚上我练了一会儿,但是在怪怪特工学院上了一天课后,实在太累了……

河神的秘密

此刻我们来到了文化学校外面。

乌鸫在树梢上唱歌,黄昏慢慢降临。这一切很美,但我的肚子有点儿疼。

"很漂亮的房子。"瓦乐说。

文化学校坐落在一个改造过的老磨坊里,旁边是一条流经我们城市的小溪。过去人们在这里将谷物磨成面粉。不过如今在这栋老房子里会上演戏剧,办音乐会,组织各种兴趣班。

大礼堂的窗户亮着灯,我紧张地想着第二天的音乐会。

"1847，"瓦乐读着房子外墙上的数字，"好古老的房子！"

我没有回答，瓦乐疑惑地看着我。

"好吧，对不起，"他接着说，"你是不是很紧张？"

我点点头，走进了文化学校。

"一定会很成功，你看着吧。"

我努力地笑笑，但是笑得很勉强。

"不行，不行，不行！"

阿斯特丽德——我们的音乐老师——刚刚哭了一场。

她站在舞台上面对着我们，眼里噙着泪水。

"我再也受不了了。"她抽泣着说。

河神的秘密

文化学校的其他人都回家了,我们留下来为音乐会继续练习。我很惭愧。明天我和我的两个伙伴就要在观众面前表演了。

西格坐在一架钢琴后面,钢琴上放着一个烛台,旁边搁着一盒火柴。明天我们要点蜡烛——为了给观众营造一种很好的气氛。拉米娜站在钢琴旁边,手里拿着一支笛子。

我绝望地看着瓦乐,他笑了笑作为回应,朝我竖起了大拇指。老师说得对,这样完全不行。我们不仅弄错了很多音,而且节奏也很乱。

"周末你们练了吗?你们不是保证过的吗?"她继续说。

我低头看着地板。西格和拉米娜摇摇头。

"可是你们保证过的呀!"

阿斯特丽德做了个深呼吸，然后闭上眼睛，沉默了好一会儿。她看上去好像难以做出决定。我们的表现与她期待的差太多了，她觉得我们胜任不了这场演出。

最后她带着沮丧的语气说："我们最后再来一遍。"

西格在钢琴上弹出一个和弦，拉米娜把笛子放在嘴上。阿斯特丽德举起一支笔当作指挥棒。

我努力集中注意力，想起了怪怪特工的三个要诀——镇静、知识和技巧，但我觉得可能还需要加上练习……

阿斯特丽德脸上的表情说明了一切。她很失望，再也不相信我们了。

我把琴弓搭到琴弦上，拉了起来。我闭上眼

河神的秘密

睛，努力去想汉尼拔伯伯和河神。昨天小溪边的琴声是多么美妙。我学着汉尼拔伯伯的样子，晃动身体。

突然一个声音打断了我的演奏。西格和拉米

娜也停了下来。是阿斯特丽德的哭声。

她哭了好一会儿。

"我热爱音乐,"她抽泣着说,"可这是什么?不……这样不行!"

她举起那支用来当作指挥棒的笔,然后把它掰成两段,扔到了身后。

"我不干了!"

"什么?"西格说。

"你要辞职吗?"拉米娜问。

"现在?"我说,"离音乐会只有一天的时候?"

阿斯特丽德没有回答。她拿起挂在椅子上的大衣。

"但是我们可以继续练习,"我说,"我们可以通宵待在这里练习。"

"你们想怎么样就怎么样吧!我热爱音乐的心

河神的秘密

已经碎了,明天我不想站在这里**丢人现眼**。"

阿斯特丽德将一串钥匙扔了过来。

"走的时候锁门。"

我接住了钥匙,看着西格和拉米娜,可他们已经开始收拾自己的东西了。

"我再也受不了了。"西格说。

"我也是。"拉米娜叹了口气说。

"可是……你们明天会来吗?"

西格和拉米娜只是耸了耸肩。

于是礼堂里只剩下瓦乐和我。瓦乐走到我面前,我还扶着大提琴坐在舞台上。

"我很惭愧。"我说。

"唉,应该还没有那么糟糕。"

"不,真的很糟糕。在这里我们几乎不用花钱就能学习演奏乐曲,阿斯特丽德嘱咐我们练习,这样明天主管来的时候我们就可以呈现美妙的演

河神的秘密

出。可是我们在做什么？"

"不过你们可能没那么糟糕吧？"

"不，很糟糕。而我是最差的！西格和拉米娜至少节奏没问题。"

"这样啊，"瓦乐说，"那么也许只有一个办法了。"

"什么办法？"

"回家。"

我非常自责，明天的音乐会对整个文化学校来说很重要。

"绝不！"我说。

瓦乐疑惑地看着我。

"我要学好这首曲子，"我继续说，"哪怕要花整个晚上。"

"这样啊，"瓦乐说，"那我重新去坐好。"

第五章

这里有人

我坐在大提琴旁练了好几个小时。一扇高高的窗户外面,月亮从黑色的夜空中升了起来。

瓦乐听了一会儿我的演奏,最终还是睡着了。他坐在那里,仰着头,张着嘴巴,打着呼噜。

我练习着大提琴,我当然不会放弃。终于我整个身体开始感觉有旋律感了,手里的琴弓开始**自然而然**地舞动。可是拉到中途,我觉得鼻子有点发痒。

我把琴弓从琴弦上移开,用手背揉了揉鼻子。

河神的秘密

然后我做了个深呼吸，正准备重新开始，可是等等……

那是什么声音？就在我不得不停下来去揉鼻子的时候，我听到了什么？那是我最后一个音符的回声吗？

我又拉了几个小节，然后放下琴弓。那个声音又出现了。

"瓦乐，醒醒。"我小声说。

"什么……什么事？"

瓦乐在椅子上伸了个懒腰，睡眼惺忪地看着我。

"听。"我提醒他仔细听。

我再次把琴弓搭到琴弦上拉了起来，瓦乐不解地看着我。然后我飞快地移开琴弓。我又听到了那个声音。

听起来就像……就像有人在拉小提琴。有人

怪怪特工队

几乎跟我同步停了下来。

"你听到了吗?"

瓦乐点点头,从椅子上站了起来。

"这里有人。"他小声说。

"好像有人在跟我同步拉琴。"

"继续。"瓦乐小声说。

我又拉了起来,瓦乐在礼堂里走来走去地查探。他把耳朵贴在门上、柜子上和窗户上。

突然他朝我做了个手势。他在空中竖起一根手指,指向墙上的一个通风口。

"继续拉。"他小声说。

瓦乐拖来一张桌子,把一张椅子放到桌子上,然后爬了上去,把手挡在耳朵后面。他点点头。

"有人在拉琴,"他小声说,"音乐声是从这里

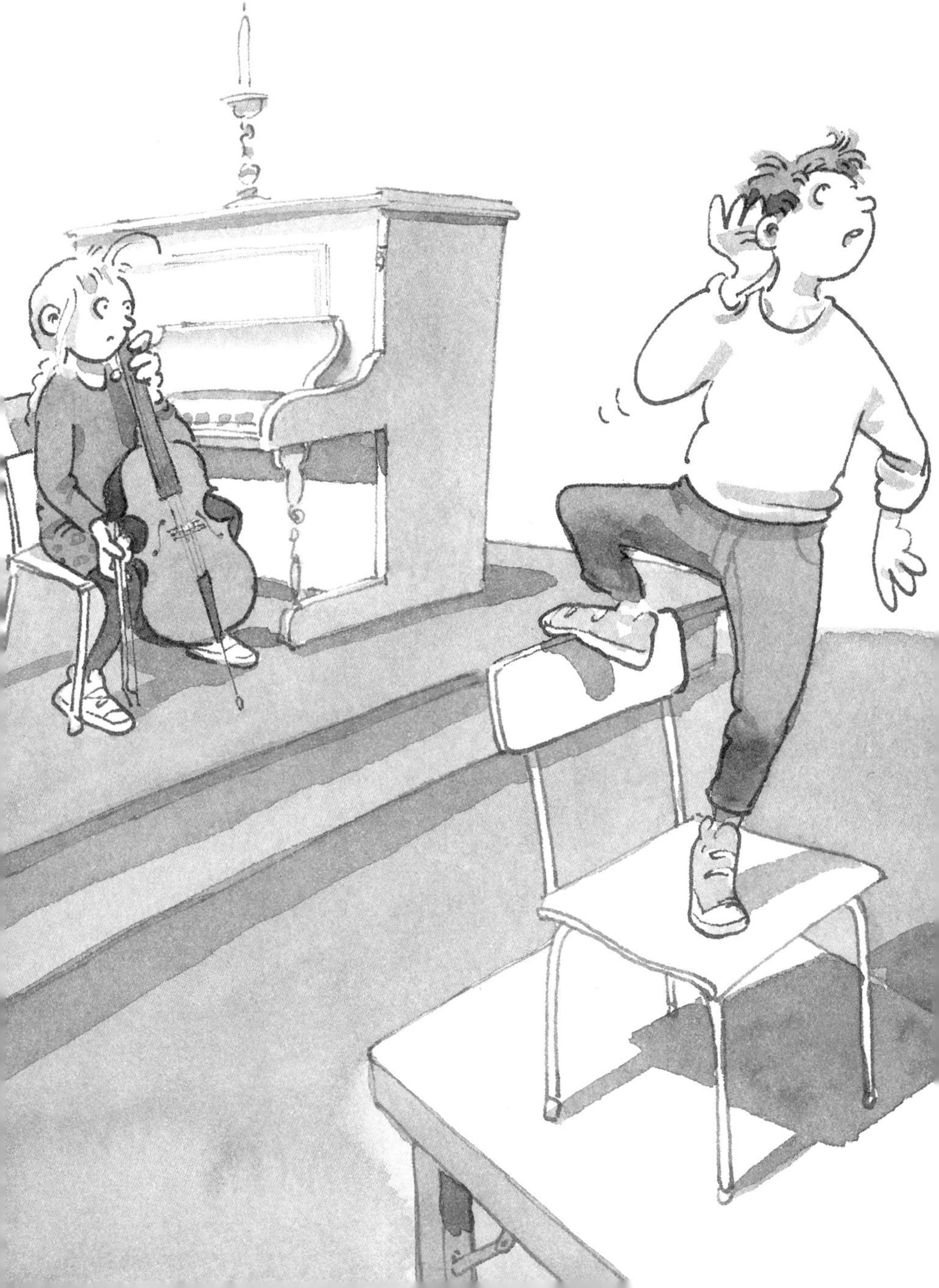

来的。"

瓦乐往洞里看去。

"通风管是朝下的。"他说。

"所以如果我们顺着这根管子找,就能知道是谁在拉琴了。"我继续说。

"肯定有楼梯。"瓦乐说。

我们离开了礼堂。来到门厅里,我们打开了一扇又一扇门。平时挤满了男孩女孩的场地此刻空荡荡的,这感觉有点儿奇怪。

我们走进了一间放满了演出服装的房间。那里面是剧团演出戏剧时用的西服和连衣裙。

我想到假如这所文化学校关门了会发生什么事情,我的良心再一次感到了不安。

我应该坐在大提琴旁练习的,明天主管就要

河神的秘密

来了。

"瓦乐,"我说,"我也许应该……"

可这时瓦乐发现了什么。一张摆着很多化妆品的桌子旁挂着一幅窗帘。瓦乐把窗帘拉了开来。

窗帘的后面有一扇窄窄的门。

瓦乐转动插在门锁上的一把大钥匙。门被打开的时候,合页发出嘎吱嘎吱的声响。

一股寒冷潮湿的空气扑面而来。我们看到了一道往下的楼梯。

"这里已经很久没有人来过了。"瓦乐说着,挥掉了挂在门口的很多蜘蛛网。

我用手在门里摸索着,找到了电源开关。

我按了一下开关,什么都没发生。

面对这潮湿寒冷的空气和通向黑暗之地的楼

梯，我们迟疑了。

"等一下。"我对瓦乐说。

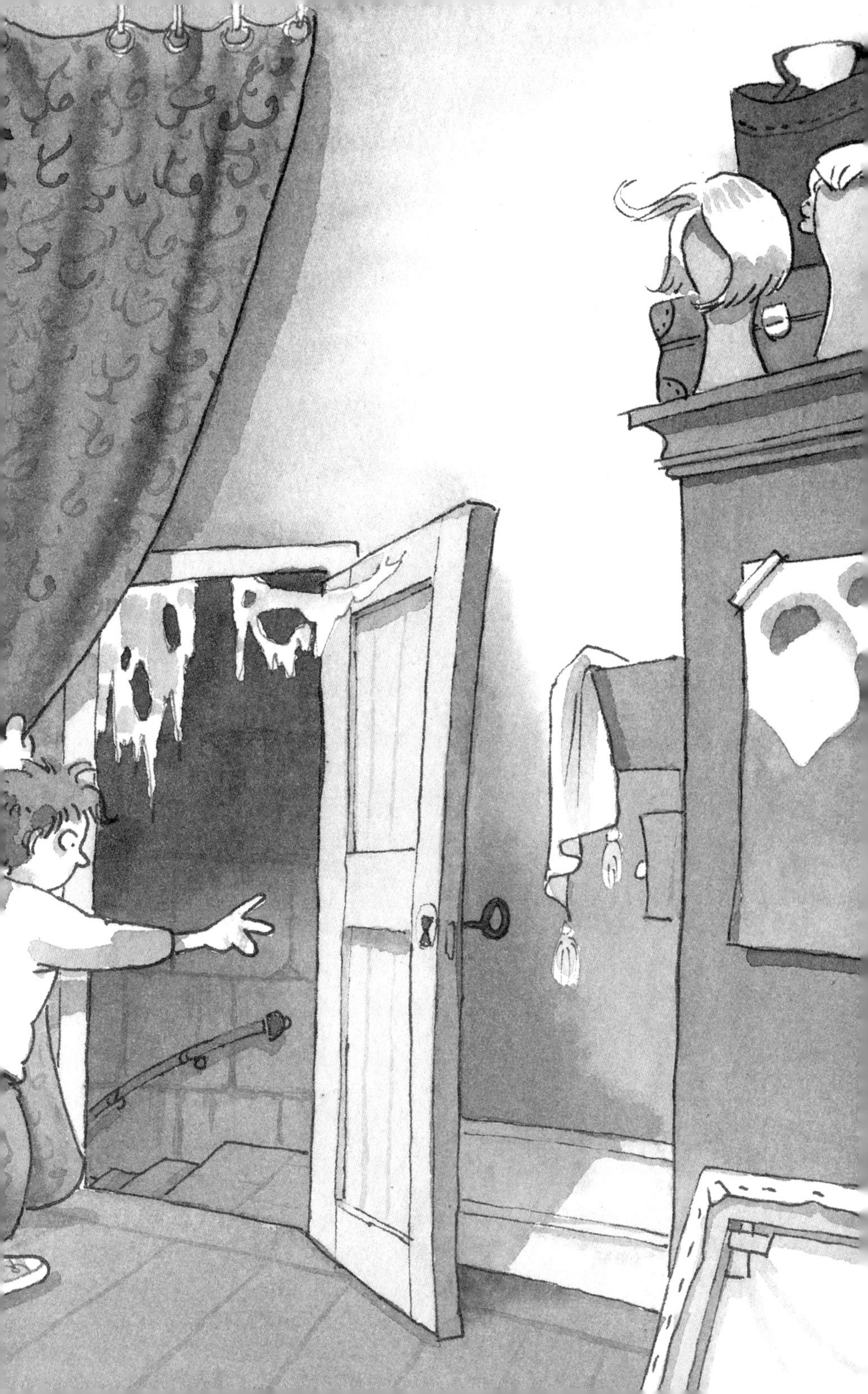

第六章
一片漆黑

我跑回礼堂,取来摆在钢琴上的那个烛台。

等回到等在楼梯旁的瓦乐身边时,我点燃了蜡烛。我用手挡着蜡烛护住火焰,以防它被来自地下室的风吹灭。我**小心翼翼**地往下走了几步,瓦乐跟在我后面。

"在那儿。"他指着一根从房顶伸下来的管子说。

"通风管。"我说。

"音乐声肯定是从那里来的。"瓦乐确认道。

河神的秘密

我打了个寒战,我不知道是因为冷还是因为想到下面藏着什么人。蜡烛扑闪着,随时会熄灭。

"小心点,"瓦乐小声说,"我们不能让蜡烛灭了。"

楼梯尽头,我们来到一个大房间里。我们脚下的某个地方传来哗哗声。

"这应该是过去拉磨的水流。"我说。

"我不明白。"瓦乐说。

"来自小溪的水会驱动一个巨大的轮子,那个大轮子会让巨大的圆盘转动起来。"

"人们就是这样磨面的?"

"是的,以前是这样。"

我们所在的房间天花板很高,墙壁和地板是石头做的。在一面墙边立着一个布满了灰尘的旧袋子。

瓦乐往袋子里张望，一只老鼠从里面跳了出来，掉到地板上，消失在了墙角的黑暗之中。

"哎哟！"瓦乐叫了出来，"老鼠！"

河神的秘密

"拉小提琴的可能是它?"我开玩笑说。

瓦乐生气地看了看我。

"这真的不好笑,我非常怕老鼠!"

"嘘。"

瓦乐和我静静地站在潮湿寒冷的地下室里。

"那是什么?"瓦乐小声说。

我把手指竖在嘴前做了个不要出声的手势。

"听。"我轻轻地说。

瓦乐脸上绽开了笑容。

"小提琴声又出现了。"

我们用蜡烛去照地下室的每一个黑暗的角落。

瓦乐躲在我的身后。他当然还是怕老鼠。可我既没有看到更多的老

鼠，也没有看到拉小提琴的人。

在一个被墙封住的拱门旁，躺着一架生锈的梯子以及一些工具，肯定是很久以前某个工匠遗落在这里的。天花板上的通风管穿过了墙壁。有人在一块砖上写了"1908"。

"这扇门是1908年封上的。"我说。

"同一年……"瓦乐说。

"跟河神最后一次现身是同一年。"我补充道。

瓦乐和我把耳朵贴到潮湿的砖块上，这下我们听到的音乐声更清晰了。有人在墙的另一侧拉小提琴。我朝瓦乐点点头。

"这里面有人。"我小声说。

"但这怎么可能呢？"瓦乐轻声回答，"这里没有门啊！"

"我不知道。"我一边回答，一边又一次把耳

河神的秘密

朵贴到墙上。

啊，这琴声好美。我闭上眼睛倾听。小提琴

的音符跳动啼啭，像水流，像鸟儿歌唱，像蝴蝶颤动翅膀……

但这是什么？就在这美妙的琴声中，我听到了一个刺耳的刮擦声。我睁开眼睛。自然是瓦乐了，他手里拿着一把旧的螺丝刀。

"你在干什么？"我问。

"在墙上挖个洞。"瓦乐回答，仿佛这是再**顺理成章**不过的事情。

"可是……"

"给我搭把手，这块砖头马上就要松了。"

我在瓦乐身旁跪下来，和他一起去挖砖块的缝隙，每挖一下墙壁就会松动一点儿。

过了一会儿，这块砖头松了。我们来回晃动这块砖头。

河神的秘密

最终我把它抽了出来。

然后我们继续挖,一块接着一块,让洞口变得更大。突然一阵寒风吹到我们脸上,地板上的蜡烛灭了。

眼前一片漆黑……

第七章
我什么也不是

我抓住了瓦乐的手。他的手在抖。我们在黑暗中坐了一会儿。

"镇静、知识和技巧,"我小声说,"做个深呼吸。"

我听见瓦乐深吸了两口气,努力让自己平静下来。很快他的手就不抖了。

我们听到地板上来回拖动脚步的声音,没错,有人在墙另一侧的房间里走动。

"会是谁呢?"瓦乐小声问我。

河神的秘密

"不知道。"我回答。

过了一会儿,我们的眼睛习惯了黑暗。我们透过墙上的洞往里看去。我们看见靠近房间顶部的地方装着一扇带格栅的窗户,一轮满月照了进来。

一个影子在这皎洁的月光中来来回回地移动。

"把蜡烛重新点亮。"瓦乐小声说。

我摸索着从裤子口袋里掏出了火柴盒。我划亮了一根火柴,点燃蜡烛灯芯。然后我弓起手挡住火焰,把蜡烛伸进墙上的洞里。

眼前的情景让瓦乐和我惊讶不已!

我们看到一个胡子一直拖到脚上的赤裸的男人,他用胳膊挡住眼睛,不让自己被光刺到,他的另一只手里拿着一把小提琴和一根琴弓。

"哎呀！对不起，打扰到你了。"我小声说。

那男人嘀咕了一句不知什么话作为回应。

河神的秘密

"你是谁?"瓦乐问。

我们听到了一阵喘息声。这个长胡子男人咳了一下,清了清嗓子。

"我已经有一百多年没跟人说过话了。"他终于用微弱的声音开口了,听着就像一头绵羊一样。

瓦乐和我对视了一下。

"我们可以进去吗?"我问。

墙里的男人没有回答,我朝瓦乐努努嘴,我们又抽掉了几块砖头。

然后我们从墙洞爬了过去。

我们进了一个挺大的房间,房间的一边放着一张床,另一边黑黢黢的溪水在沿着墙壁流动。

一个巨大的木滚轮悬在水面上。

拿小提琴的男人

走到自己床边坐下。

河神的秘密

"我叫瓦乐,这是奈丽。你是谁?"瓦乐重复了一遍自己的问题。

"我什么也不是。"男人回答。

"什么也不是?"

瓦乐和我走近了一些,我们在这个长胡子男人面前蹲了下来。

"如果没有人相信你，你只会变得越来越渺小，"男人说，"最终你会变成……什么也不是。"

我想起了阿斯特丽德——我们的音乐老师——看着我们时的那种感觉。我真的感觉我变小了。

"你住在这里？"瓦乐问。

那男人点点头。

"他们关闭了这个磨坊。他们砌起这道墙的时候，我被关在了这里。"

"1908年……"我小声说，"人们最后一次看见……"

"你是河神！"瓦乐开心地叫了出来，"对不对？"

"你们想怎么喊我就怎么喊我，我已经不存在了，没有人相信我。"

"可是你在地下室里吃什么啊？还有你为什么不穿衣服？你不冷吗？"

河神挤出了一个难过的微笑。

"我一下回答不了这么多问题,你要知道我上次跟人说话是很久以前了。"

"可是……"我说,"呃……"

河神举起了一只手。

"我喝水,也许能找到青蛙或者别的什么东西来填饱肚子,我吃得不多。"

"唉!"瓦乐叹息道,"你吃青蛙?"

"并不经常吃,但吃过。至于衣服,我不需要,我总是喜欢光着身子,从来不明白人为什么要穿衣服。没看到动物们吗?它们穿裤子穿毛衣吗?"

我起初打算说动物有毛皮或羽毛,但这个长胡子老人似乎迷失在了自己的记忆中。

当他重新开口说话时,他说得最多的是他自己。

"我出生在四百多年前,"他说,"小时候我父亲给了我一把小提琴,那时我经常光着身子穿过草原和牧场去小溪边。我坐在那里拉琴,其他孩子取笑我喜欢光着身子。他们在我背后大喊大叫,说着恶毒的话。但我根本不想穿衣服,所以我才不在乎。我的音乐让我感到幸福。"

瓦乐和我互相瞥了一眼,好动人的故事!

"后来发生了什么?"我问。

河神看着我,抚摸了一下他的长胡子,然后笑了。

"嗯,我沿着小溪和江河走,我跟水一同演奏了好几百年。"

"好几百年?"瓦乐打断他。但河神似乎没有听到,继续说着他的故事。

"有一天我抱着我的小提琴坐在小溪里,看着

河神的秘密

溪水卷起漩涡。这时来了几个穿着粗笨靴子、手里拿着工具的男人。我屏住呼吸,躲进了这里。然后我看见他们一块接一块地砌着石头,突然那边的口子就被封住了。于是我就被关在了这里。"

"可是你不想出去吗?"我问。

河神摇摇头。

"我觉得外面的人还是会取笑我。"

"那你就不能穿上些什么吗?"

河神只是哼了一声。

"绝不。那我宁愿待在我的地窖里。"

"河神伯伯……"瓦乐说。

"嗯……"

"伯伯能不能为奈丽和我拉一首曲子?"

河神点点头,把小提琴放到下巴下面。然后他举起琴弓,音乐从他的乐器中流淌出来,就像

溪水一样。

我入迷地看着他用手划过小提琴的琴颈，用精准但又温柔的动作来来回回舞动着琴弓。

我完全能够理解汉尼拔伯伯为什么想要见到这位大师。瓦乐和我久久地听着这美妙的音乐。有那么一瞬，河神抬起头来看着瓦乐和我，他露出了微笑，知道我们很享受他的演奏。

就在这一刹那，我意识到了我们该怎样拯救文化学校！

第八章
你行的

我赶紧钻出墙洞,跑上楼梯,跑过化妆台和那些戏服,来到了礼堂。我跑上舞台拿上我的大提琴,然后又回到河神和瓦乐待着的地下室。

我回来时,瓦乐和河神正坐在床边聊天。瓦乐试图给他讲述河神被关在这儿的这些年里发生的事情。

"我不明白,"老人说,"你按了下墙上的一个按钮,整个房间就亮了起来。"

"是的。"瓦乐自豪地说,仿佛是他发明了电

灯一样。

"还有你坐在一个好几千公斤的金属罐子里,"河神继续说,"只需用一只脚踩一下,就能让它滚动起来?"

"是的,开车时,人们用右脚踩油门,用方向盘控制方向。"

河神摇摇头。

"不管怎么说,我好像错过了很多东西。"他说。

"看。"我说着,把大提琴放到了他的面前。

河神对着大提琴弧形的木制侧面抚摸了好久。我坐到他身边,把大提琴放到我的腿间。

"你听。"我说着,拉了起来。

我拉了一遍第二天要演出的曲子。

然后我看着这位老人,他闭着眼睛,身体笔直地坐在那里。

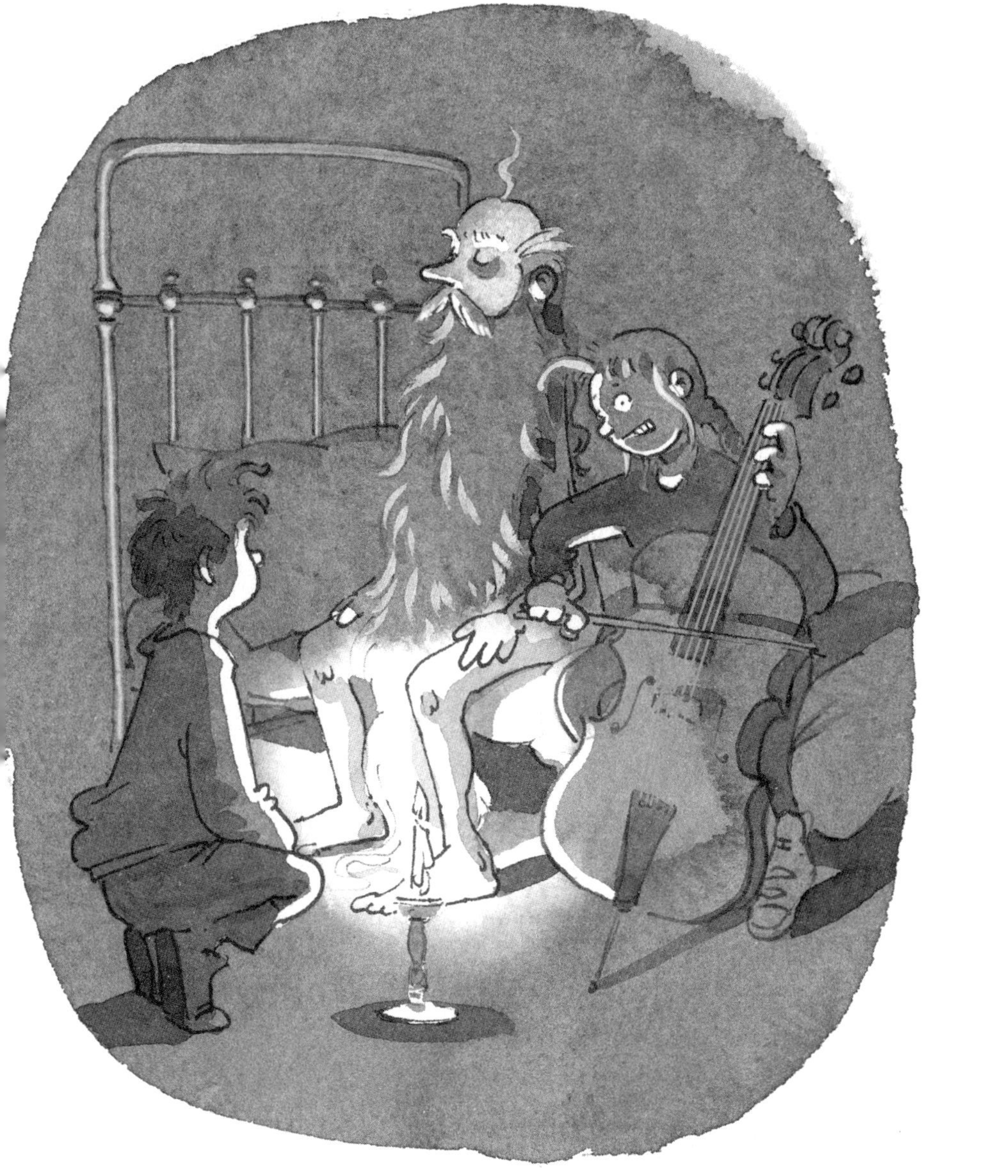

"好听吗？"我不自信地问。

可是从河神僵硬的姿势和他思考答案的方式，我就知道自己没能打动他。

"你行的，"他终于说，"但缺了点儿什么。来，我给你展示。"

他给我演示该如何在琴弦上拉动琴弓，另一只手的手指该如何在琴颈上移动。接着他唱起了我刚刚演奏的那个旋律。

"跟着我拉。"他说。

河神唱着，我给他伴奏。他点头打着节奏，很快就以一种全新的方式让我明白了我该怎么拉琴。

他平静的歌声引导着我，我感到自己慢慢放松起来。

"很好，"他说，"现在听着好多了。教学生真

河神的秘密

是太有趣了。"

我自豪地看看他,然后看看瓦乐,瓦乐自然竖起了大拇指。

"如果你能成为我们的老师,那就太棒了。"我对河神说。

老人摇了摇头,幅度大得胡子都抖动起来。

"才不,"他说,"人们只会因为我不穿衣服而嘲笑我。"

我叹了口气,意识到跟他说这个是没有意义的。瓦乐看了看手表。

"哎哟,"他说,"已经非常晚了,我们也许应该……"

"你们把钟戴在手腕上?"河神吃惊地说,"好实用啊!"

"我们也许可以改天再来?"我说。

"非常欢迎。"河神回答。

"你会后悔不跟我们上去吗?"

这位老人再一次猛烈地摇了摇头。

"今天真的非常愉快。"瓦乐说。

就在他说这话时,一只青蛙在水里叫了一声。

"感谢你教我的一切!"我说。

但这回河神没有回答。他只是站了起来,朝水里走去。

"他的夜宵。"瓦乐小声说着,舔了舔嘴巴。

我笑了起来。我们把河神留在了他的地窖里。

瓦乐和我离开了文化学校,我用阿斯特丽德的钥匙锁了门。

然后我们穿过寂静的城市,聊着我们经历过的所有奇怪的事情。

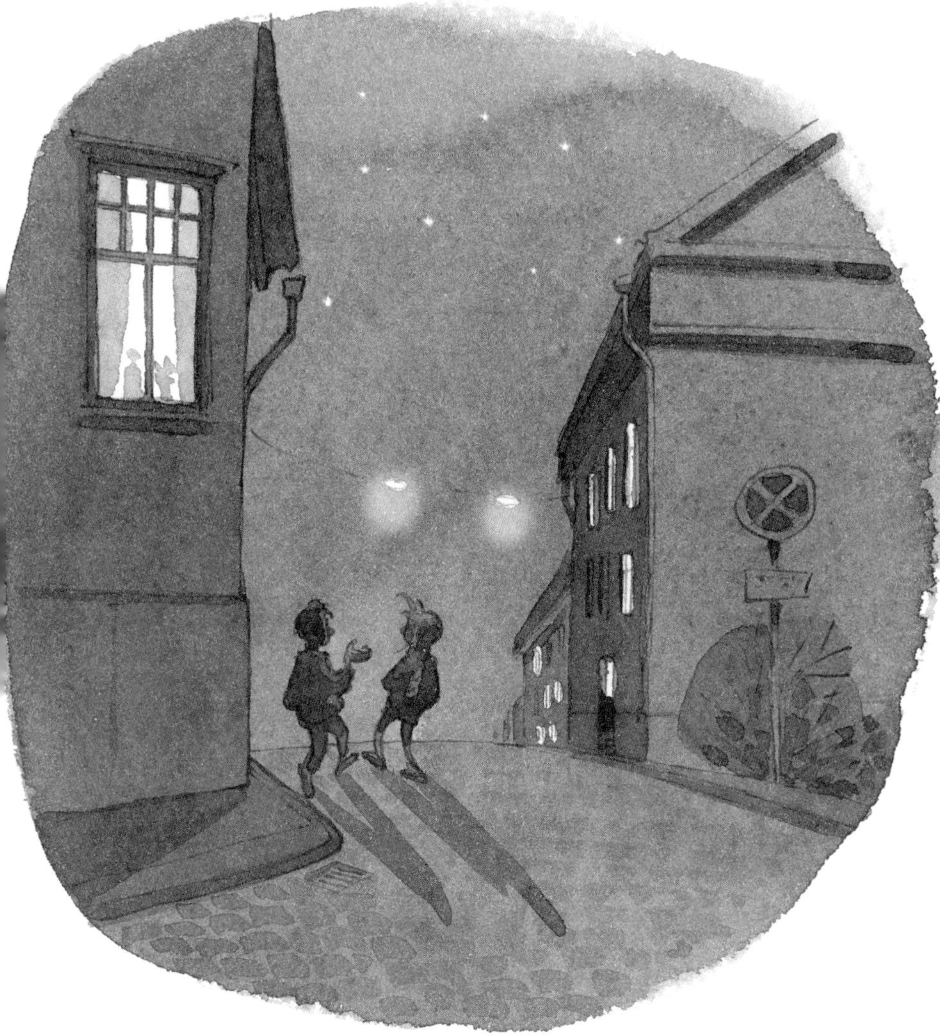

"我知道有一个人会非常嫉妒的。"我说。

"谁？"

"汉尼拔伯伯，"我说，"你想想，他听到河神教我拉琴会是什么反应。"

瓦乐笑了起来，我们分头回了家。

这天夜里躺在床上，我在脑海里练习了第二天要演奏的整首曲子。我一个音符一个音符地回忆河神是怎么唱的。

应该行的，我这样想着，闭上眼睛睡着了。也许吧……

第九章
打破了所有纪录!

就要上台表演了,我紧张得浑身发抖。

文化学校的礼堂里坐满了期待已久、盛装出席的人们。感觉全世界的人都来了。我的父母坐在第一排,在汉尼拔伯伯和列娜-斯列娃的中间。妈妈拿起一面小镜子,补了一下口红。

汉尼拔伯伯旁边坐着文化学校的主管。他面无表情,我们知道音乐会后他将发表讲话,他将谈到文化学校的未来。今天晚上我、西格和拉米娜一定要好好表演。

"祝你好运。"列娜-斯列娃用唇语对我说，然后向我抛了个飞吻。

西格坐在钢琴旁，紧张地望着观众。

"你练了吗？"西格小声对我和拉米娜说。

"练了整个晚上。"拉米娜回答。

我点点头，想到了前一天晚上河神的课。不管怎样，也许行的。

但我不该点头的……

瓦乐在主管身后找了一个座位。我的伙伴朝我看来，露出了微笑。这时天花板上的灯灭了。我的手里都是汗，心怦怦直跳。我努力回忆昨天晚上河神为我唱的旋律，可是它却仿佛无影无踪了一样。

西格在钢琴上弹了一个和弦，我屏住呼吸，

河神的秘密

在脑子里默默地数着拍子。然后我把琴弓放到了琴弦上，拉了起来。这声音听起来好可怕……

一上来我就有几个音符拉错了。我更紧张了，手指在大提琴的琴颈上打滑。拉米娜失望地看着我，我能够明白她的感受。

我想起了阿斯特丽德的话：她热爱音乐的心已经碎了。我更紧张了。当我看向观众时，我看见已经有人开始**交头接耳**了。

我只想在舞台上消失。变小再变小，最后完全消失。拉米娜把笛子放在嘴上，试着从正确的位置加入我们。可是西格和我乱了节奏，拉米娜在错误的地方吹了起来。她的眼里满是泪水。

文化学校的主管从外套口袋里拿出了一个小笔记本，我看见他正在上面写着什么。他看上去很生气。

怪怪特工队

瓦乐从主管的肩头探过去,看他写了什么。瓦乐似乎想了一会儿,然后起身,从一排排椅子间挤了出去。我看着他离开了礼堂。

河神的秘密

接下来的音乐会变成了一场灾难。一切都错了。我们演完后,观众礼貌又尴尬地笑了笑,他们十分勉强地鼓了鼓掌。

西格、我和拉米娜互相看了看对方，摇了摇头。我们把一切都搞砸了。

主管站了起来，走到舞台上。他甚至都没有看一眼刚刚演出完的我们。他拍了拍麦克风，确认它能出声。

"亲爱的爱好音乐的朋友们。"他大声地清了清嗓子说道。

我叹了口气。这下完了，他要说他打算关闭文化学校了。

"首先我想感谢我们年轻的音乐家们。他们的演出很……该怎么说呢……很有趣。昨天晚上我接到了孩子们的音乐老师打来的电话，她辞职了。所以今晚我们站在这里，没有老师——让我们坦诚地说，活动也没有什么质量。所以我决定……"

这时礼堂的门被人撞开了，主管的话被打断

了。进来的人是瓦乐,而在他身后,不管你信不信,河神也来了!可他身上穿的是什么?格子短裤和T恤衫?

瓦乐是怎么成功说服……我正想着,思路却被主管打断了:"正如我说的,既没有老师也没有质量,所以我……"

"这里既有老师也有质量。"瓦乐冲着整个大礼堂大喊。

观众中发出一阵嘀咕。这是怎么回事?这个长胡子男人是谁?大家似乎都在这么想。

我看着汉尼拔伯伯,他的目光带着好奇。河神一只手拿着小提琴和琴弓,另一只手牵着瓦乐。

瓦乐把他拉到了舞台上,河神朝聚光灯眨了眨眼睛。

怪怪特工队

"这是什么意思?"主管生气地问。

"等下你会听到的。"瓦乐一边回答,一边让

河神的秘密

河神站到舞台中央,这样他刚好站在我的面前,而我仍然坐在那里扶着我的大提琴。

河神把小提琴放到下巴下,举起了琴弓——就在这时,我突然明白了!

我没有忍住,大笑了出来。

观众中有几个人不解地看着我,我集中精力,让自己重新变得严肃。可这实在太不像话了!

瓦乐曾经多次展示过他既机灵又才思敏捷,可这一回真是打破了所有纪录!

第十章
他有权做他自己

文化学校的主管走回到位子上重新坐下。

河神开始演奏。**一如既往**地美妙!一个个音符盘旋环绕,充满了整个礼堂。它们上下跳跃,仿佛空气中飞舞的尘埃。

观众**鸦雀无声**。我的爸爸妈妈坐在那里张大了嘴,汉尼拔伯伯的眼睛瞪得像铜铃一样,而主管……

主管,是的,他哭了!大滴大滴的眼泪从他

面颊上滚落了下来。

可是没有人发现我看见的东西吗？我心里想着，又笑了起来。

怪怪特工队

　　一曲终了,礼堂里爆发出飓风般的掌声。河神深深地鞠了一躬。现在总该有人发现瓦乐的杰作了吧?可是没有。

　　主管冲上舞台,抓起了麦克风。

　　"太美妙了!"他哽咽着说,同时擦掉了脸上的泪水。

河神的秘密

然后他跟河神握了握手。

"他保证会在咱们文化学校教孩子们拉琴。"瓦乐对观众大声说。

"太美妙了。"主管再一次说。

"所以你不打算关闭文化学校了?"瓦乐问。

"关闭?"主管回答,"绝对不会,有这么一位杰出的老师,怎么会关闭呢。"

观众开心地欢呼起来。当大家终于都离场后,河神瘫坐到了椅子上。

他看起来很开心,但是很疲惫。这并不奇怪,他已经很多很多年没有遇到过这么多人了。

汉尼拔伯伯和列娜-斯列娃来到我们面前。

汉尼拔伯伯当然想跟这位了不起的音乐家拍张照。

怪怪特工队

汉尼拔伯伯坐到这个长胡子男人边上，跟他挤在一张椅子上，搂住了他的肩膀。

然后汉尼拔伯伯用自己的手机拍了一张照片。

河神的秘密

"啊，不，"汉尼拔伯伯起身时，列娜－斯列娃突然说，"汉尼拔，你的西服怎么了？"

我把手指竖在嘴前，示意我的老师不要再说了。列娜－斯列娃本能地在右眉毛上方挠了一下。

河神表示了感谢，他拿起自己的小提琴，离开了礼堂。

门在他身后关上的时候，列娜－斯列娃的好奇心再也绷不住了。

"你们都做了些什么？"她小声说着，指了指汉尼拔伯伯西服裤子的侧边，上面留下了一个清晰的印子，那格子图案跟河神短裤上的一模一样。

"你问瓦乐。"我说。

瓦乐笑嘻嘻地看着我、汉尼拔伯伯和列娃－斯列娃。

"我知道你们需要帮助，这样今天晚上就不会

成为一场灾难。"他说。

我想到了自己的表现,又叹了口气。

"当我越过主管的肩膀往前偷看时,发现了他在笔记本上写的内容:没有老师+糟糕的质量。这时我看见奈丽的妈妈在补妆。于是我想到了可以怎么做。"

我笑了。除了瓦乐,没有其他人能想到这样一个办法。

"当你跑过楼梯外面那个房间的化妆台时……"我说。

"借用了一点化妆品,把它们带到了地下室。"瓦乐说。

列娜-斯列娃看看瓦乐,又看看我。不过汉尼拔伯伯似乎没有明白。

瓦乐继续解释:"他被关在地下室里,自

从……"

"自从1908年以来,"列娜－斯列娃迅速补充道,"因为这个缘故,从那以后就再也没有人见过他。"

"也就是说,你们指的是……"汉尼拔伯伯说,"哇。"他意识到自己刚刚遇到的那个人是谁,激动不已。

他立刻拿出手机,确认那张照片还在。

当他看到照片时,汉尼拔伯伯咧开嘴笑了。但随后他浓密的眉毛间又生出了一道皱纹,他看了看自己的一条裤腿。

"可我还是不明白,这跟化妆品有什么关系。"

"在他小时候,"我继续说,"他因为总是喜欢光着身子而被人取笑。"

汉尼拔伯伯点点头。

"他拒绝穿衣服,"瓦乐说,"他有权做他自己。"

列娜-斯列娃——肯定也有很多人觉得她有点儿怪——用拳头砸着自己的另一只手,说河神当然有这个权利。

"所以如果允许河神不穿衣服,"瓦乐继续说,"同时又不让人看出来,那么他可以考虑跟我上礼堂来。"

列娜-斯列娃开心地双手合十,汉尼拔伯伯惊讶不已。

"所以你们的意思是……你们的意思是他站在所有人的面前……"

"是全裸着的!"列娜-斯列娃欢呼起来,"你们好厉害!太棒了!"

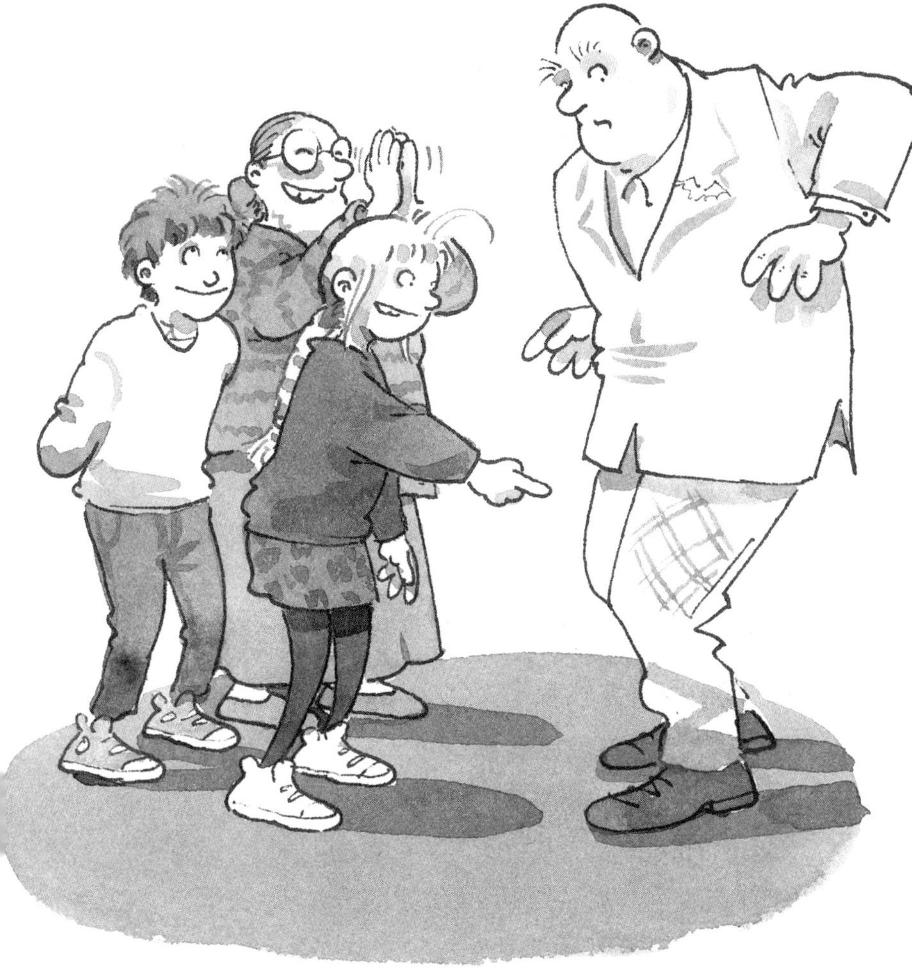

说着她在瓦乐和我的脸上掐了一下。

"不,"我说,"这次全都是瓦乐的主意。"

"不!"列娜-斯列娃**斩钉截铁**地回答,"你,奈丽,逗乐了观众,使得瓦乐能够悄悄跑去地下室。"

"逗乐?这是什么话。"我嘟囔道。

"是这样的,"瓦乐说,"如果没有你在舞台上的付出,这个法子是成功不了的。"

我站在那里沉思了一会儿。我们演奏得确实糟糕,但是我终究拯救了文化学校。

汉尼拔伯伯打断了我的思绪。

"你们觉得……"他小声说。

"什么?"

河神的秘密

"你们觉得河神会考虑也给我上几节课吗?"

我看了看瓦乐,偷偷地眨了眨眼睛。

"我们也许可以下去问他,"瓦乐回答,"他也许需要有人帮他擦掉身上的'短裤'和'T恤'。"

列娜-斯列娃、汉尼拔伯伯和我大笑了起来。随后他们下楼,来到这个老磨坊的地窖,而我则把我的大提琴收拾好放进了琴盒里。

没过多久,从空荡荡的礼堂的旧通风管里,又传来了小提琴的旋律。